THE WOMAN WHO OUTSHONE THE SUN

The Legend of Lucia Zenteno
La mujer que brillaba aún más que el sol
La leyenda de Lucía Zenteno

From a poem by/ Basado en el poema de Alejandro Cruz Martinez
Pictures by / Ilustrado por Fernando Olivera
Story by / Cuento por Rosalma Zubizarreta ✳ Harriet Rohmer ✳ David Schecter

CHILDREN'S BOOK PRESS ✳ **SAN FRANCISCO** ✳ **CALIFORNIA**

GRAND ISLAND PUBLIC LIBRARY

The day Lucia Zenteno arrived, everyone in the village was astonished. No one knew where she came from. Yet they all saw that she was amazingly beautiful, and that she brought thousands of dancing butterflies and brightly-colored flowers on her skirts. She walked softly yet with quiet dignity, her long, unbraided hair flowing behind her. A loyal iguana walked at her side.

El día que llegó Lucía Zenteno al pueblo, todo el mundo se quedó asombrado. Nadie sabía de dónde venía esa mujer tan hermosa, que traía miles de mariposas y una infinidad de flores en su enagua, que caminaba suavemente y a la vez bien erguida, con su magnífica cabellera destrenzada ondeando libremente en el aire. A su lado la acompañaba una fiel iguana.

No one knew who she was, but they did know that nothing shone as brightly as Lucia Zenteno. Some people said that Lucia Zenteno outshone the sun. Others said that her glorious hair seemed to block out the light.

Everyone felt a little afraid of someone so wonderful and yet so strange.

Nadie sabía quién era, pero sí sabían que no había nada que brillara tanto como Lucía Zenteno. Alguna gente decía que Lucía Zenteno brillaba aún más que el sol. Otros decían que su espléndida cabellera parecía atajar la luz.

Todos comenzaron a sentir algo de miedo de este ser tan maravilloso y tan desconocido.

There used to be a river that ran by the town, almost the same river that runs by there now. And people said that when Lucia Zenteno went there to bathe, the river fell in love with her. The water rose from its bed and began to flow through her shining black hair.

Cerca del pueblo había un río, casi el mismo que corre allí ahora y la gente decía que cuando Lucía Zenteno se fue a bañar al río, el río se enamoró de ella. El agua se salió de su cauce y comenzó a fluir suavemente por los negros cabellos de Lucía.

When Lucia finished bathing, she would sit by the river and comb out her hair with a comb made from the wood of the mesquite tree. And when she did, the water, the fishes, and the otters would flow out of her hair and return to the river once more.

Cuando Lucía terminaba de bañarse, se sentaba al lado del río y se peinaba los cabellos con un peine de madera de mezquite. Y entonces las aguas, los peces y las nutrias se escurrían de la cabellera de Lucía Zenteno, y retornaban otra vez a formar parte del río.

The old people of the village said that although Lucia was different from them, she should be honored and treated with respect. She understood the ways of nature, they said.

But some people did not listen to the elders. They were afraid of Lucia's powers, which they did not understand. And so they refused to answer Lucia's greetings, or offer their friendship. They called her cruel names and spied on her day and night.

Los ancianos del pueblo decían que, aunque Lucía era distinta, había que honrarla y guardarle respeto. Decían que ella tenía mucha afinidad con la naturaleza.

Pero alguna de la gente no siguió el consejo de los ancianos. Les tenían miedo a los poderes de Lucía, porque no los comprendían. Así que no le devolvían el saludo, ni le ofrecían su amistad. En cambio, hablaban mal de ella, y la espiaban día y noche.

Lucia did not return the meanness of the people. She kept to herself and continued to walk with her head held high.

Her quiet dignity angered some of the people. They whispered that Lucia must be trying to harm them. People became more afraid of Lucia and so they treated her more cruelly. Finally, they drove her from the village.

Pero Lucía no los trataba a ellos de la misma manera. En cambio, se apartaba de ellos, y seguía caminando con dignidad.

Mucha de la gente se enojó a causa de esto. Comenzaron a murmurar que Lucía les iba a hacer daño a todos. Las gentes comenzaron a cogerle más temor, y al fin la obligaron a irse del pueblo.

Lucia went down to the river one last time to say good-bye. As always, the water rose to greet her and began to flow through her glorious hair. But this time when she tried to comb the river out of her hair, the river would not leave her.

And so, when Lucia Zenteno left the village, the river and the fishes and the otters went with her, leaving only a dry, winding riverbed, a serpent of sand where the water had been.

Lucía bajó al río una última vez para despedirse. Como siempre, las aguas salieron a saludarla y comenzaron a fluir entre sus largos cabellos. Pero esta vez, cuando Lucía trató de peinarse, el río no quiso separarse de ella.

Y por eso fue que cuando Lucía Zenteno se marchó del pueblo, el río, los peces y las nutrias se fueron con ella, dejando sólo una culebrita de arena por donde antes había corrido el río.

Everyone saw that Lucia Zenteno was leaving and that the river, the fishes, and the otters were leaving with her. The people were filled with despair. They had never imagined that their beautiful river would ever leave them, no matter what they did.

Todos vieron que Lucía se iba y que el río, los peces y las nutrias se iban con ella. La gente quedó desesperada. Nunca habían pensado que, hicieran lo que hicieran, su bello río los fuera a abandonar.

Where once there had been green trees and cool breezes, now no more rain fell, no birds sang, no otters played. The people and their animals suffered from thirst. People began to understand, as never before, how much the river, the fishes, the otters, even the trees and birds had meant to the village. They began to understand how much the river had loved Lucia Zenteno.

Donde antes había verdor y frescura, ahora ya no caía más la lluvia, ni cantaban los pájaros, ni jugaban las nutrias. Los árboles perdieron sus hojas, y las plantas se secaron. La gente y los animales padecían de sed. Todos comenzaron a darse más cuenta que nunca de la importancia del río, de los peces, de las nutrias y aún de los árboles y de los pájaros para el pueblo. También comenzaron a darse cuenta de cuánto el río había querido a Lucía Zenteno.

The elders said that everyone must search for Lucia and beg her forgiveness. Some people did not want to. They were too afraid. But when the drought continued, everyone finally agreed to follow the elders' advice. And so the whole village set out in search of Lucia.

Los ancianos dijeron que todos debían ir en busca de Lucía a pedirle perdón. Pero algunas de las gentes no querían. Todavía temían a Lucía. Mas como el pueblo seguía sufriendo, al fin todos se pusieron de acuerdo. Siguiendo el consejo de los ancianos, fueron en busca de Lucía.

After many days of walking, the people found the iguana cave where Lucia had gone to seek refuge. Lucia was waiting for them, but they could not see her face. She had turned her back to the people.

At first no one dared say a word. Then two children called out, "Lucia, we have come to ask your forgiveness. Please have mercy on us and return our river!"

Tras mucha marcha, la gente encontró la cueva de iguana donde Lucía se había refugiado. Lucía los estaba esperando, pero no le podían ver la cara. Les había dado la espalda a la gente.

Al principio, nadie se atrevió a decir palabra. Luego, dos de los niños le suplicaron: —Lucía, hemos venido a pedirte perdón. Ten piedad de nosotros, te lo rogamos, y devuélvenos el río.

Lucia Zenteno turned and looked at the people. She saw their frightened, tired faces, and she felt compassion for them. At last she spoke. "I will ask the river to return to you," she said. "But just as the river gives water to all who are thirsty, no matter who they are, so you must learn to treat everyone with kindness, even those who seem different from you."

The people remembered how they had treated Lucia, and they hung their heads in shame.

Lucía Zenteno se volvió a mirarlos. Vió sus caras llenas de miedo y de cansancio, y se compadeció de ellos. Al fin habló. —Le pediré al río que regrese con ustedes —les dijo—. Pero así como el río le da agua a todo el que está sediento, sin importarle quién sea, ustedes necesitan aprender a tratar a todos con bondad, aún a los que parecen ser distintos.

La gente recordó cómo habían tratado a Lucía y bajaron la cabeza, avergonzados.

Seeing that the people were truly sorry for what they had done, Lucia returned with them to the village and began to comb out her hair. She combed out the water, she combed out the fishes, she combed out the otters, and she kept on combing until the river had returned once more to where it belonged.

Al ver que la gente estaba verdaderamente arrepentida, Lucía regresó con ellos al pueblo y comenzó a peinarse los cabellos. Se peinó y se peinó, hasta que salieron las aguas, los peces y las nutrias, y siguió peinándose hasta que todo el río había vuelto otra vez a su lugar.

The people were overjoyed to have their river again. They poured water over themselves and over their animals, they jumped into the river, and they laughed and cried with happiness.

La gente estaba feliz de tener al río de vuelta. Se echaban agua a sí mismos y se la echaban a sus animales, se tiraban al río, y lloraban y reían de alegría.

In all the excitement, no one noticed at first that Lucia had disappeared again. When the children asked the elders where she had gone, the elders replied that Lucia had not really left them. Though they would not be able to see her, she would always be there, guiding and protecting them, helping them to live with love and understanding in their hearts.

Hubo tanta algarabía que nadie se dió cuenta de que Lucía había desaparecido de nuevo. Cuando los niños y las niñas le preguntaron a los ancianos a dónde se había ido, los ancianos dijeron que no los había abandonado. Aunque no la pudieran ver más, siempre estaría con ellos, cuidándolos y protegiéndolos. Siempre estaría ayudándolos a vivir de corazón, con amor y comprensión para todos.

The legend of Lucia Zenteno is part of the oral history of the Zapotec Indians of Oaxaca, Mexico.

ALEJANDRO CRUZ MARTINEZ was a promising young Zapotec poet who spent many years collecting the oral traditions of his people, including the story of Lucia Zenteno. He published his own version of the story as a poem in 1986. Alejandro was killed in 1987 while organizing the Zapotecs to regain their lost water rights. His widow gave Children's Book Press permission to adapt his story and author's royalties are paid to her.

FERNANDO OLIVERA is an internationally acclaimed painter who lives in Oaxaca, Mexico. He was fascinated with the story of Lucia Zenteno ever since he first heard it from his close friend Alejandro Cruz Martinez. Since Alejandro's tragic death, Fernando has portrayed Lucia in one painting after another, and finally in the beautiful paintings that illustrate this book.

ROSALMA ZUBIZARRETA is a bilingual teacher and translator living in San Francisco, California. Her brilliant Spanish translations have graced several Children's Book Press books, including the award-winning *Family Pictures* and *Uncle Nacho's Hat*. HARRIET ROHMER and DAVID SCHECTER have adapted several award-winning folktales for Children's Book Press, including *The Invisible Hunters* and *Uncle Nacho's Hat*.

Harriet Rohmer and David Schecter wish to thank Nancy Mayagoitia, director of the Galería Arte de Oaxaca, for making us feel at home in her beautiful art gallery as we worked on the first draft of this story. Thanks also to Betty Pazmiño, Francisco Herrera, Estrella Fichter Ruiz and Helen Sweetland for their valuable editorial assistance.

Story copyright © 1991 by Children's Book Press and Rosalma Zubizarreta. All rights reserved. Pictures copyright © 1991 by Fernando Olivera. All rights reserved.
Design: Nancy Hom   Production: Tony Yuen   Photography: Lee Fatherree
Printed in Hong Kong through Marwin Productions. Children's Book Press is a nonprofit community publisher. Quantity discounts are available through the publisher for educational and nonprofit use.

Library of Congress Cataloging-in-Publication Data
Cruz, Alejandro, d. 1987. [Mujer que brillaba más aún que el sol. English]
The woman who outshone the sun: the legend of Lucia Zenteno = La mujer que
brillaba más aún que el sol = la leyenda de Lucía Zenteno / From a poem by / basado en el
poema de Alejandro Cruz. Pictures by / ilustrado por Fernando Olivera.
Summary: Retells the Zapotec legend of Lucia Zenteno, a beautiful woman with
magical powers who is exiled from a mountain village and takes its water away in punishment. ISBN 0-89239-126-x
1. Zenteno, Lucia (Legendary character) 2. Zapotec Indians--Legends. [1. Zenteno, Lucia (Legendary character) 2. Zapotec Indians--Legends. 3. Indians of Mexico--Legends. 4. Spanish language materials--Bilingual.] I. Olivera, Fernando, ill. II. Zubizarreta-Ada, Rosalma. III. Rohmer, Harriet. IV. Schecter, David.
V. Title VI. Title: Mujer que brillaba más aún que el sol. F1221.Z3C78 1991 398.21'089976--dc20   91-16646 CIP AC